Pippa Young
Ponyhof Apfelblüte
Glaub an dich, Juli

Alle Bände der Reihe Ponyhof Apfelblüte:

Band 1: Lena und Samson
Band 2: Paulina und Lancelot
Band 3: Lotte und Goldstück
Band 4: Hannah und Pinto
Band 5: Mia und Aska
Band 6: Julia und Smartie
Band 7: Sternchen und ein Geheimnis
Band 8: Rapunzel und der Spuk im Wald
Band 9: Samson und das große Turnier
Band 10: Ladys glanzvoller Auftritt
Band 11: Lenas mutige Entscheidung
Band 12: Lotte und die Übernachtungsparty
Band 13: Ein eigenes Pony für Mia
Band 14: Paulinas großer Traum
Band 15: Glaub an dich, Juli
Band 16: Lena springt ins Glück
Band 17: Hör auf dein Herz, Lotte
Band 18: Große Sorge um Sternchen

Sonderband: Weihnachten auf dem Reiterhof

Pippa Young

Ponyhof Apfelblüte

Glaub an dich, Juli

Aus dem Englischen übersetzt
von Sandra Margineanu

Illustriert von Saeta Hernando

Band 15

Loewe

Mit besonderem Dank an Catherine Hapka

FSC
www.fsc.org
MIX
Papier aus verantwortungsvollen Quellen
FSC® C014496

ISBN 978-3-7432-0410-2
2. Auflage 2021

Aus dem Englischen übersetzt von Sandra Margineanu
Umschlag- und Innenillustrationen: Saeta Hernando
Umschlaggestaltung: Elke Kohlmann
Printed in the EU

www.loewe-verlag.de

Inhalt

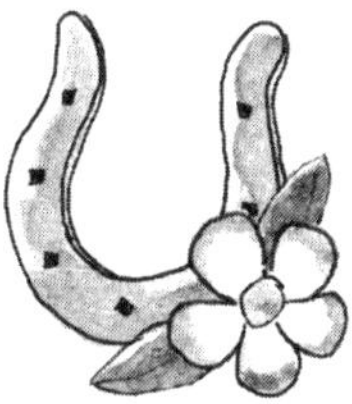

Turnier der Superstars

„Los, Juli!“, rief Lena Kennet. Sie hatte die Hände wie einen Trichter um den Mund geformt. „Los, Smartie!“

Mia Howard stieß einen Jubelschrei aus. „Ein Siegestanz für Juli und Smartie!“ Sie fing an, auf und ab zu hüpfen, ihre Arme hin und her zu schwingen und ihren Kopf zu schütteln, sodass ihre karamellfarbenen Locken in alle Richtungen flogen.

Lena lachte und trat einen Schritt zurück,

um den fuchtelnden Armen ihrer Freundin auszuweichen.

Mia und sie sahen ihrer gemeinsamen Freundin Juli Marle zu, die in diesem Moment an einem Springturnier teilnahm. Es waren viele Besucher auf dem Turniergelände. Sie standen entweder am Rand der Wettkampfplätze oder saßen auf der Tribüne. Jetzt gerade beobachteten alle Zuschauer Juli und ihr Pony Smartie, die durch den Parcours aus bunt gestrichenen Sprunghürden ritten.

„Sie sieht so ernst aus“, sagte Lena, als Juli ihr kastanienbraunes Pony zum Galopp aufforderte.

„Sie will gewinnen“, erwiderte Mia. „Mrs Marle hat gesagt, dass in dieser Gruppe einige sehr gute Ponys und

Reiter sind. Wenn Juli und Smartie eine Rosette abstauben wollen, müssen sie die beste Runde liefern, die sie je geritten sind."

Lena nickte. Julis Mutter war die Besitzerin des Ponyhofs Apfelblüte, wo die drei Mädchen ritten.

„Ja!", jubelte Lena, als Smartie mit viel Luft nach unten über das erste Hindernis schwebte.

Sie hielt den Atem an, als Juli ihr Pony schnell wendete, um in der Kurve abzukürzen und noch schneller bei der zweiten Hürde zu sein. Smartie sprang in einem spitzen Winkel ab, aber er überwand das Hindernis trotzdem mühelos.

„Juli hat es über die Mauer geschafft“, sagte Mia und klang wie ein Sportreporter im Fernsehen. „Sie hat mit ihrer Aktion ein paar Sekunden gewonnen. Das Mädchen ist eindeutig hier, um allen zu zeigen, wie man so einen Sprung macht!“

Juli und Smartie näherten sich bereits dem nächsten Hindernis. Mia machte mit ihren Kommentaren weiter, während die beiden die Hürde nahmen und auf die vierte zuritten.

„Das nächste Hindernis ist schwierig – vertikal ohne Bodenmarkierung“, erklärte Mia. „Manche Ponys können die Höhe und den Abstand dieser Hürde nur schwer abschätzen.“

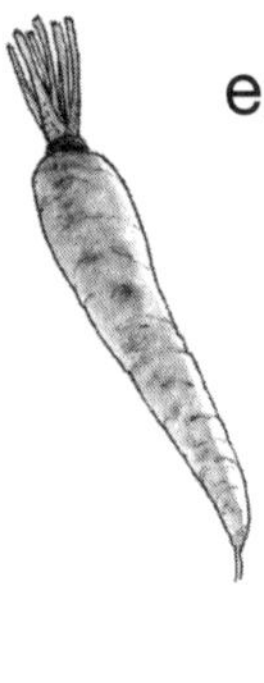

„Echt?“, fragte Lena und sah ihre Freundin neugierig an. Erst als sie mit ihrer Mutter aus der Stadt und in das Dorf Willow Springs gezogen war, hatte sie angefangen zu reiten. Sie war also noch nicht so lange mit Ponys vertraut wie Mia und einige andere Mädchen – und ganz sicher nicht so lange wie Juli. Sie war schon geritten, bevor sie überhaupt laufen konnte. Manchmal kam es Lena so vor, als gäbe es so viel über Ponys und das Reiten zu lernen, dass sie die anderen nie einholen würde. Aber eigentlich war es ihr egal. Das Lernen machte ihr Spaß, besonders wenn ihre Freundinnen ihr dabei ein bisschen halfen.

Sie wandte ihren Blick wieder auf den Reitplatz, gerade als Smartie über diese besonders schwierige Hürde sprang.

Die Menge stöhnte bewundernd.

„Wow!“, sagte Mia atemlos. „Das war knapp. Aber sie sind immer noch fehlerfrei!“

„Nur noch ein Hindernis“, meinte Lena. Sie drückte fest beide Daumen und wünschte ihnen Glück. „Los, Juli und Smartie!“

Smartie stellte die Ohren auf, als er das letzte Hindernis sah, einen großen rot-weißen Oxer, unter den Blumen gepflanzt waren. Mit angehaltenem Atem zählte Lena die Schritte bis zu der Hürde, so wie es ihr Mrs Marle in der Reitstunde beigebracht hatte … Drei, zwei, eins – spring!

Smartie sprang über den Oxer. Seine Vorderhufe flogen mit genügend Abstand zur obersten Stange darüber. Aber seine

Hinterbeine kamen etwas zu früh nach unten – *krach!* Ein Huf stieß gegen die Stange und brachte sie zum Wackeln.

„Oh nein!", rief Mia. Die Stange beruhigte sich jedoch wieder und blieb in der Halterung liegen. „Oh! Alles gut. Keine Strafpunkte. Meine Damen und Herren, das war eine fehlerfreie Runde!"

Eine Frau neben ihnen klatschte. „Das war eine tolle Runde", sagte sie und

lächelte die Mädchen an. „Eure Freundin ist sehr gut geritten."

„Ja, das ist sie wirklich", sagte Mia stolz.

Lena klatschte so wild, dass ihr die Hände wehtaten, während Juli Smartie zum Schritt durchparierte und ihm auf den Hals klopfte. Es waren noch ein paar andere Reiter dran. Aber niemand würde es so schnell schaffen wie Juli.

„Juli und Smartie haben gewonnen!", jubelte Mia, als der letzte Reiter mit seiner Runde fertig war. Vor Begeisterung hüpfte sie wieder auf und ab.

„Ja!" Lena grinste so breit, dass ihre Wangen schon schmerzten. „Komm, gehen wir ihnen gratulieren."

„Jetzt noch nicht." Mia hielt Lena am

Arm fest. „Von hier sehen wir die Preisverleihung und den Siegergalopp besser."

Sie blieben, wo sie waren, und jubelten sich die Seele aus dem Leib, als die sechs besten Reiter über den Platz ritten und Juli ihren Preis überreicht bekam. Ein Preisrichter befestigte eine rote Siegerschleife an Smarties Trense. Als alle

Preise vergeben waren, drehten Juli und Smartie eine Ehrenrunde über den Platz. Smarties Fell glänzte wie poliertes Kupfer, stolz hielt er den Schweif hoch. Lena fand, dass er nie zuvor so schön ausgesehen hatte.

Schließlich wurden die Reiter langsamer und kamen zum Gatter.

„Komm“, Mia griff nach Lenas Hand. „Jetzt gehen wir zu ihnen.“

Die Freundinnen rannten durch die Menge. Sie kamen in dem Moment an, als Juli aus dem Sattel glitt und Smartie umarmte.

„Gut gemacht“, keuchte Lena atemlos und zog für Smartie eine Karotte aus ihrer Tasche.

„Ihr wart super!“, rief Mia.

„Danke“, sagte Juli. „Ich wusste von Anfang an, dass wir gewinnen würden.“

„Wirklich?“, fragte Lena.

Juli zuckte mit den Schultern. „Ich spüre einfach, wenn ich gut reite. Ich wusste, dass Smartie fantastisch sein würde, wenn ich es auch wäre. Wir sind beide in Spitzenform.“

Ihre Augen glänzten und ihre Wangen waren gerötet.

Lena lächelte. Sie war stolz auf ihre Freundin. „Du und Smartie, ihr seid echte Superstars!“

Juli lachte und nahm ihren Helm ab.

„Superstars? Ich weiß nicht … na ja, okay, vielleicht sind wir das!“

„Also, ihr Superstars“, ertönte Mrs Marles Stimme. „Bringen wir dich und dieses fabelhafte Pony zurück nach Hause. Du kannst den Superstar dann mit einer schönen Dusche und einem gemütlichen Strohbett belohnen.“

„Ich helfe dir“, bot Lena an. Sie war zwar keine super Springreiterin, aber sie hatte lange genug auf dem Ponyhof mitgeholfen, um eine super Ponyversorgerin zu sein!

Achtung, Anfänger!

Am nächsten Tag kam Lena besonders früh auf den Ponyhof. Sie hatte Mrs Marle versprochen, bei einer Reitstunde für zwei neue Schüler zu helfen, und wollte nicht zu spät kommen.

„Guten Morgen, ihr Rabauken“, begrüßte Lena Hop und Skip. Die Hofhunde rasten auf sie zu, kaum dass sie durch den steinernen Torbogen gelaufen war. Der Ponyhof befand sich auf dem Gelände einer alten Burg oberhalb von Willow Springs.

Der große Hof war mit Kopfsteinpflaster gepflastert und von Stallgebäuden umgeben. In der Mitte wuchs ein junger Apfelbaum.

Lena bückte sich und kraulte beide Hunde hinter den Ohren, dann sah sie sich um. Kurt, der Pferdepfleger, mistete gerade einen Stall aus. Er bemerkte Lena und winkte.

„Mrs Marle hat gesagt, dass du Rapunzel und Flicka für die Reitstunde fertig machen sollst“, rief er. „Sie ist im Haus, kommt aber gleich.“

„Okay, danke.“ Lena winkte zurück.

Sie ging in die ordentlich aufgeräumte Sattelkammer. Juli war bereits dort und starrte an die Wand. Eine große Tafel nahm die Hälfte der Wand ein, auf die Mrs Marle und Kurt die tägliche Fütterung notierten, außerdem Reitstunden und Nachrichten für die Reiter. Die andere Wandhälfte bedeckte eine Pinnwand mit Fotos und Rosetten von den Turnieren, an denen Juli und ihre ältere Schwester Isabel teilgenommen hatten.

Juli hielt die rote Schleife in der Hand, die sie gestern gewonnen hatte.

„Das war ein wichtiger Preis auf einem wichtigen Turnier“, sagte sie zu Lena. „Er sollte einen Ehrenplatz ganz oben bekommen.“

„Gute Idee“, stimmte Lena zu.

Sie holte Flickas Sattel. Die brave Palomino-Stute war eines der kleinsten und langsamsten Ponys des Stalls und wurde oft für Anfänger genommen. Das andere Pony, das Kurt erwähnt hatte, Rapunzel, war etwas größer, aber ebenso ruhig und geduldig wie Flicka. Trotzdem wurde sie auch von erfahrenen Reiterinnen gerne geritten. Lenas Freundin Hannah ritt bei Ausflügen oder im Unterricht meistens auf Rapunzel.

Beim Gedanken an Hannah fragte Lena sich, wo wohl die anderen Mädchen steckten. „Hast du schon eine von den anderen gesehen?“, fragte sie Juli. „Wer hilft denn außer mir eigentlich noch bei der Stunde?“

„Ich.“ Juli stand auf den Zehenspitzen und steckte die Schleife ganz oben auf die Pinnwand. „Lotte kommt erst später.“ Sie drehte sich zu Lena um. „Ich habe die meiste Erfahrung, also ergibt es Sinn, dass ich bei den Anfängerstunden helfe.“

Lena wusste nicht, was sie sagen sollte. Fand Juli, dass Lena nicht genug Erfahrung hatte, um zu helfen? Früher hatte Juli sich für etwas Besonderes gehalten, weil sie besser ritt als die anderen. Deshalb wollte sie auch nicht mit ihnen befreundet sein. Aber Lena hatte sie vom Gegenteil überzeugt und ihr gezeigt, dass es viel schöner war, Freundinnen zu haben, als ständig alle herumzukommandieren. Inzwischen war Juli sehr viel netter, aber manchmal sprudelte sie immer noch unüberlegte Dinge hervor.

„Okay“, sagte Lena und entschied, nicht weiter über Julis Worte nachzudenken.

Ein Stapel Papiere lag auf dem kleinen Tisch unter der Pinnwand. Juli nahm das oberste und las.

„Was ist das?“, fragte Lena.

„Turnierpläne für den Rest der Saison“, antwortete Juli, legte den Zettel zurück und griff nach dem nächsten. „Ich bin am Überlegen, an welchen Turnieren Smartie und ich noch teilnehmen sollen. Ich möchte richtige Herausforderungen für uns finden. Das Turnier gestern zu gewinnen war ziemlich einfach. Noch ein paar wichtige Gewinne und wir qualifizieren uns für die Saisonabschlusspreise."

„Oh, okay." Lena fand, dass Juli etwas angab. Aber gestern war sie tatsächlich sehr gut geritten. Vielleicht hatte sie verdient, ein bisschen damit zu prahlen. „Wir machen besser die Ponys fertig", sagte Lena. „Die neuen Reitschüler kommen bald."

Fünfzehn Minuten später waren beide Ponys gesattelt und gezäumt. Lena kontrollierte gerade Flickas Stirnriemen, als zwei Kinder durch den Torbogen kamen. Das Mädchen war ungefähr zehn

Jahre alt und hatte rote Haare. Der Junge mit derselben Haarfarbe war ein paar Jahre jünger. Hinter ihnen lief ein großer Mann.

„Hi“, sagte das Mädchen und lächelte schüchtern. „Wir sind wegen der Reitstunde hier.“

Der Junge nickte und starrte die Ponys mit seinen großen blauen Augen an. „Die sind ja riesig!“, staunte er.

„Also eigentlich ist Flicka unser kleinstes Pony“, erklärte Juli.

Mrs Marle kam aus dem Büro. „Hallo, Sie müssen Mr Warren sein“, sagte sie. „Und ihr zwei seid sicher Sara und Freddie. Willkommen auf dem Ponyhof Apfelblüte.“

Sie stellte Juli und Lena vor und erklärte, dass die Mädchen bei der Reitstunde helfen würden. Dann nannte sie ihnen die Namen der Ponys und ermutigte die Kinder und ihren Vater, die beiden Stuten zu streicheln. Als sich alle etwas aneinander gewöhnt hatten, war es an der Zeit aufzusteigen.

Sara kletterte als Erste auf die Aufstiegshilfe im Hof, während Juli Rapunzel

festhielt. „Stell deinen linken Fuß in den Steigbügel“, erklärte Mrs Marle. „Dann halte dich am Sattel oder der Mähne fest und schwing dein rechtes Bein hoch und rüber.“

„Okay.“ Sara legte die Hand behutsam auf den Sattelknauf und hob den linken Fuß.

„Moment. Stell den Fuß noch mal ab“, unterbrach Juli sie. „Greif zuerst mit der linken Hand nach Rapunzels Mähne. Das tut ihr nicht weh, keine Angst. Leg die andere Hand dann auf den Sattelknopf, das Ding hinten am Sattel. Und danach stellst du den linken Fuß in den Steigbügel.“

„Oh. Ähm, okay, danke.“ Sara machte es so, wie Juli gesagt hatte. Als ihre

Hände an den richtigen Stellen waren, schob sie die Fußspitze in den Steigbügel. „So?“

„Schieb den Fuß ruhig noch weiter rein, sonst rutschst du vielleicht raus“, erklärte Juli. „Drück den Fuß nach unten und dann schwing das andere Bein hoch und über den Sattel.“

„Verstanden.“ Wieder tat Sara, was Juli ihr gesagt hatte – und eine Sekunde später saß sie im Sattel. „He, ich habe es geschafft!“

„Sehr schön“, meinte Mrs Marle.

„Versuche, das nächste Mal nicht so hart auf ihren Rücken zu plumpsen“, mahnte Juli noch. „Und stecke den rechten Fuß in den Steigbügel, ohne hinzusehen, falls möglich."

„Es ist in Ordnung, wenn du am Anfang noch hinsehen musst", sagte Mrs Marle und warf ihrer Tochter einen warnenden Blick zu. „Juli, geh bitte mit Rapunzel ein paar Schritte zur Seite, damit Freddie auch aufsteigen kann."

Lena führte Flicka zur Aufstiegshilfe. Hinter sich hörte sie Juli, die Sara Anweisungen gab, gerade zu sitzen und ihre Beine in der richtigen Position zu halten.

„Bist du bereit?", fragte Lena Freddie, der auf den Block gestiegen war.

„Ich bin bereit", sagte er.

„Gut. Erinnerst du dich an das, was Mrs Marle gesagt hat?", fragte Lena.

Der Junge nickte. Er hob den rechten

Fuß, dann zögerte er. Lena wartete ab, ob er seinen Fehler von allein bemerken würde.

„Halt, stopp“, sagte er und lachte. „Beinahe wäre ich rückwärts aufgestiegen.“

Mrs Marle lächelte. „Du machst das toll“, sagte sie. „Linker Fuß – gut!“

Lena klatschte, als Freddie sich in den Sattel schwang. „Gut gemacht“, lobte sie ihn. „Du wirst das Reiten lieben. Auf Flicka kann man es toll lernen.“

Juli und sie führten die Ponys durch den kleineren Torbogen auf der anderen Hofseite. Dahinter lag der Reitplatz, auf dem großen flachen Feld zwischen Hof und Wald. Mrs Marle ging hinter ihnen und unterhielt sich mit Mr Warren.

Dann begann der Unterricht. Lena und Juli führten die Ponys langsam über den Platz und Mrs Marle erklärte die Gangarten Schritt und Trab. Anschließend sprach sie über das Anhalten und Lenken.

„Wann galoppieren wir?“, fragte Freddie ungeduldig.

Mrs Marle lachte. „Heute noch nicht“, antwortete sie. „Zuerst müsst ihr euch im Sattel sicher und entspannt fühlen.“

„Aber nicht zu entspannt“, warnte Juli und sah Sara an. „Sitz etwas aufrechter, Sara.“

„So?“ Sara straffte die Schultern.

„Sehr gut“, lobte Mrs Marle. „Aber im Moment ist die Sitzhaltung noch nicht so wichtig. Meinst du nicht, Juli?“

Juli zuckte mit den Schultern. „Wenn

sie es lernen wollen, sollten sie von Anfang an alles richtig machen“, sagte sie. „Sie sind schon ziemlich spät dran, wenn sie gute Reiter werden wollen.“

Lena lachte. „Dann habe ich echt ein Problem. Ich war älter als Freddie, als ich angefangen habe zu reiten!“

Juli hob die Augenbrauen. „Ich meine ja nur, dass man viel Übung braucht, um ein guter Reiter zu werden. Also, wenn sie wichtige Turniere gewinnen wollen, so wie ich …“

„Ist gut jetzt, Juli“, sagte Mrs Marle in schärferem Ton. „Versuchen wir es noch mal mit Traben.“

Lena kam allmählich aus der Puste. Es war anstrengend, mit Flicka im Trab mitzulaufen. Lena konzentrierte sich darauf, Schritt zu halten, während Mrs Marle Freddie erklärte, was er machen sollte. Fast die ganze Zeit hörte sie, wie Juli Sara Anweisungen zuflüsterte.

Als die Reitstunde beinahe zu Ende war, kam Lotte Stevens durch den Torbogen zum Reitplatz geschlendert. Sie winkte Lena und Juli zu, dann lehnte

sie sich gegen den Zaun und sah beim Unterricht zu.

„Wer ist das?“, fragte Freddie.

„Meine Freundin Lotte“, erklärte Lena. „Eigentlich heißt sie Charlotte, aber niemand nennt sie so. Ihr Pony, Goldstück, wohnt hier auf dem Ponyhof.“

„Sie hat ein eigenes Pony?“ Freddie

klang beeindruckt. „Dann ist sie bestimmt eine gute Reiterin."

„Eines Tages wirst du auch ein toller Reiter sein", versicherte Lena ihm. „Allerdings nur, wenn du genau das machst, was Mrs Marle dir sagt."

Nach dem Unterricht bot Mrs Marle Sara, Freddie und ihrem Vater an, ihnen die Hofanlage zu zeigen. Als sie sich auf den Weg machten, kam Lotte herüber, um Lena beim Absatteln zu helfen.

„Das hat Spaß gemacht", erzählte Lena und schob Flicka die Trense über die Nase. „Ich mag es, beim Unterricht zu helfen, denn dann kann ich die Grundlagen wiederholen."

Lotte nickte. „Ich weiß, was du meinst", sagte sie. Dann senkte sie die

Stimme. „Anscheinend hatte Juli das Gefühl, dass sie die Stunde gibt. Sie hat keine Sekunde aufgehört, das arme Mädchen mit Anweisungen zu bombardieren."

„Sie wollte bestimmt nur helfen", flüsterte Lena und sah zu Juli hinüber, die Rapunzel absattelte. „Wir sollten wirklich nicht hinter ihrem Rücken über sie reden."

„Da hast du recht." Lotte sah ein wenig schuldbewusst drein. „Mir kam es nur so vor, als wäre die alte herumkommandierende Juli plötzlich wieder da. Aber du hast schon recht. Sie ist eine gute Reiterin und wollte bestimmt nur helfen."

Ein Ausritt mit Folgen

Am nächsten Morgen schlang Lena ihr Toastbrot und das Rührei so schnell hinunter, wie sie nur konnte.

„Langsam, Lena“, sagte ihre Mutter lachend. „Ich glaube, du bist mit deinem Frühstück schneller fertig als Simba.“

Lena betrachtete den jungen Labrador mit dem hellen Fell, der auf dem Küchenboden mit einem Gummiknochen spielte.

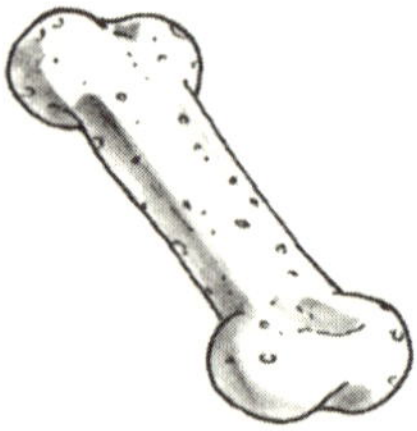

Simba gehörte Eric Gelburg, dem Freund von Lenas Mutter. Sie hatte versprochen, auf seine beiden Hunde aufzupassen, während er seine Familie besuchte, die weiter weg wohnte.

Mrs Kennet nippte an ihrem Kaffee. „Warum bist du denn so in Eile?“, fragte sie.

„Ein paar von uns wollen einen Ausritt in den Wald machen.“ Lena stand auf und trug ihr Geschirr zur Spüle. „Ich will nicht, dass die anderen auf mich warten müssen.“

„Viel Spaß“, sagte ihre Mutter. „Aber komm nicht so spät nach Hause, ja? Ich brauche nachher noch Hilfe beim Gassigehen.“ Sie sah zu den Hunden. „Ich weiß nicht, wie Eric das mit beiden gleichzeitig schafft. Simba springt die ganze Zeit irgendwo rum und die arme Daisy hat Mühe, überhaupt Schritt zu halten.“

Lena nickte und bückte sich zu Daisy hinab, die schon etwas älter war und auf ihrem Hundekissen in der Küchenecke schlief. „In Ordnung, Daisy“, sagte sie und kraulte die Hündin hinter den Ohren. „Heute Nachmittag mache ich einen schönen gemütlichen Spaziergang mit dir.“

Sie streichelte auch Simba kurz, dann ging sie nach draußen zu ihrem Fahrrad. Der Weg hoch zum Ponyhof war lang und steil. Kurz vor der Burg kam sie an den Weiden vorbei, wo die Ponys und Pferde immer grasten. Mrs Marle stand am Gatter der Ponykoppel.

Lena blieb stehen und lehnte ihr Rad gegen den Zaun. Samson, der hübsche Apfelschimmel, auf dem sie meistens ritt, war auf der Weide.

„Hallo, Lena“, begrüßte Mrs Marle sie. „Ich wollte Prinz holen und Samson für dich gleich mitnehmen. Aber jetzt, da du selbst da bist, kannst du mir auch helfen. Kurt kann dein Fahrrad zum Hof schieben, wenn er später die Pferde auf die Weide gebracht hat.“

„Einverstanden.“ Lena nahm den Führstrick, den die Hofbesitzerin ihr hinstreckte. „Warum soll Prinz von der Weide? Ich dachte, Mia kann heute nicht auf den Hof kommen.“

Prinz gehörte Lenas Freundin Mia. Ihre Eltern hatten ihn für sie gekauft. Doch erst danach hatten sie erfahren, dass Prinz sich nicht reiten ließ, weil er als junges Pony einen schrecklichen Unfall hatte. Zum Glück konnte man mit ihm aber sehr gut Kutsche fahren. Mia machte es riesigen Spaß, mit dem kleinen Kutschwagen von Mrs Marle die ruhigen Wege rund um den Ponyhof zu erkunden.

„Das stimmt, sie kommt heute nicht." Mrs Marle machte den Führstrick an der Trense des rotbraunen Ponys fest. „Aber Prinz wird ein bisschen zu mollig. Du weißt, dass das für Ponys nicht gut ist. Deshalb bleibt er tagsüber im Stall und darf nur nachts auf die Weide."

„Armer Prinz, du bist jetzt also auf Diät!“ Lena gab dem braunen Pony einen liebevollen Klaps, dann ging sie zu Samson, der in der Nähe graste. „Hallo, Samson. Freust du dich schon auf unseren Ausritt in den Wald?“

Samson stupste sie an, als sie den Strick an seinem Halfter festmachte. Lena strich mit den Fingern durch seine weiche Mähne. Für sie war er das schönste und beste Pony vom ganzen Ponyhof. Sie klopfte ihm den Hals und führte ihn hinter Prinz von der Koppel.

Auf dem Hof band sie Samson neben Smartie, Goldstück und Paulinas Pony Lancelot an. Mrs Marle band auch Prinz an, damit sie erst noch in Ruhe seine Box vorbereiten konnte.

„Mach schon, Lena“, sagte Juli ungeduldig. Sie hatte Smartie schon fertig gestriegelt und legte ihm eine weiße Satteldecke auf den Rücken. Paulina und Lotte machten ihre Ponys noch sauber.

„Ich bin gleich fertig.“ Lena eilte in die Sattelkammer und holte Samsons Sattel, Zaumzeug und Satteldecke. Als sie zurückkam, sah sie, wie Prinz gerade davonspazierte. Der Führstrick baumelte am Halfter hinter ihm her. „Ich hole ihn zurück“, rief Lena den anderen zu und deutete in Prinz’ Richtung. „Der Strick muss sich von selbst gelöst haben.“

Sie band Prinz wieder neben Samson fest und gab sich extra viel Mühe mit dem Knoten, den Mrs Marle ihnen für das

Anbinden beigebracht hatte. Dann machte sie Samson für den Ausritt fertig. Mit dem Hufkratzer entfernte sie den Dreck unter seinen Hufen.

Als alle vier Hufe sauber waren, griff sie nach einer Bürste. Sie bemerkte dabei, dass Prinz an seinem Führstrick knabberte. Überrascht sah sie zu, wie er an dem losen Ende zog und der Knoten sich löste.

„Oh!“, staunte sie. „Seht euch das an! Prinz hat sich selbst abgebunden.“

Paulina lachte. „Echt? Was für ein schlauer Junge!“

„Bist du sicher, dass du ihn richtig festgebunden hast?“, fragte Juli.

Lena nickte. „Ich bin mir absolut sicher. Er muss herausgefunden haben, an welcher Stelle man ziehen muss, damit der Knoten sich löst."

Lotte ging Prinz nach, der langsam Richtung Ausgang trottete. „Stehen bleiben!", befahl sie ihm. „Du darfst dich nicht einfach selbst auf die Weide bringen, du freches Kerlchen."

Mrs Marle kam aus dem Stall. „Was ist denn los?"

Die Mädchen erklärten es ihr schnell. Mrs Marle schüttelte glucksend den Kopf. „Das muss ich Mia erzählen", sagte sie. „Den Trick hat er bestimmt in seinem alten Zuhause gelernt."

Sie brachte Prinz in seine Box und Lena bürstete schnell noch Samsons graues Fell. Zum Glück war er ziemlich sauber. Es dauerte nicht lange, dann war

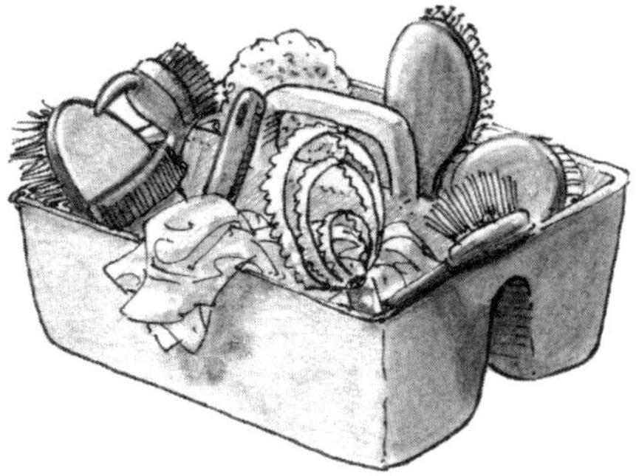

er gesattelt und aufgezäumt.

Auch ihre Freundinnen waren fertig. Zu viert ritten sie am Reitplatz vorbei Richtung Wald. „Ich möchte viel traben und galoppieren“, verkündete Juli, die mit Smartie voranritt.

„Klingt gut“, stimmte Paulina zu.

Juli drehte sich zu ihr um. „Nicht nur so zum Spaß“, erklärte sie. „Smartie muss gut in Form bleiben. Es stehen noch viele wichtige Turniere an und ich will weiter gewinnen.“

Paulina nickte. „Das macht Sinn. Lancelot und ich wollen auch an einigen teilnehmen.“

„Fein.“ Juli klang nicht sehr beeindruckt. „Aber in meiner Schwierigkeitsklasse muss man fitter sein als in deiner mittleren Gruppe.“

Lena fing an, sich bei Julis Worten unwohl zu fühlen. Wurde Lottes Befürchtung wahr? Kam wirklich die alte, besserwisserische Juli wieder zum Vorschein? Hoffentlich nicht!

Als sie den Wald betraten, dachte sie nicht mehr darüber nach. Auf dem Weg war es schattig und kühl und die Ponys drängten vorwärts.

„Bereit zum Traben?“, rief Lotte. „Dann los!“

Sie trabten eine Weile den breiten, mit Gras bewachsenen Pfad entlang. Dann kamen sie zur ersten Lichtung und galop-

pierten los. Erst auf der anderen Seite der Lichtung, wo sich der Pfad wieder schmaler durch den Wald schlängelte, ritten sie im Schritt, damit die Ponys sich ausruhen konnten. Wo es ging, trabten sie dann wieder, bis sie zur nächsten Lichtung kamen. Dort im Gras lagen Baumstämme, die die Mädchen oft als Sprunghürden benutzten.

„Hat jemand Lust zu springen?“, fragte Lotte und brachte Goldstück zum Stehen.

Juli nickte und steuerte Smartie auf den größten Stamm zu. „Komm, Smartie!“

Sie sprang mehrere Male über den Baumstamm. Dann war Paulina mit Lancelot an der Reihe. Lena und Lotte spran-

gen mit ihren Ponys über die kleineren Stämme. Lena freute sich, dass Samson so gut auf ihre Hilfen reagierte. Außerdem war sie stolz, dass sie bei jedem Sprung die Fersen nach unten drückte und die Schultern gerade hielt, so wie Mrs Marle es ihr beigebracht hatte.

Als sie mit Springen fertig waren, ritten sie tiefer in den Wald hinein. Juli leitete sie einen schmalen Weg entlang, der

pierten los. Erst auf der anderen Seite der Lichtung, wo sich der Pfad wieder schmaler durch den Wald schlängelte, ritten sie im Schritt, damit die Ponys sich ausruhen konnten. Wo es ging, trabten sie dann wieder, bis sie zur nächsten Lichtung kamen. Dort im Gras lagen Baumstämme, die die Mädchen oft als Sprunghürden benutzten.

„Hat jemand Lust zu springen?“, fragte Lotte und brachte Goldstück zum Stehen.

Juli nickte und steuerte Smartie auf den größten Stamm zu. „Komm, Smartie!“

Sie sprang mehrere Male über den Baumstamm. Dann war Paulina mit Lancelot an der Reihe. Lena und Lotte spran-

gen mit ihren Ponys über die kleineren Stämme. Lena freute sich, dass Samson so gut auf ihre Hilfen reagierte. Außerdem war sie stolz, dass sie bei jedem Sprung die Fersen nach unten drückte und die Schultern gerade hielt, so wie Mrs Marle es ihr beigebracht hatte.

Als sie mit Springen fertig waren, ritten sie tiefer in den Wald hinein. Juli leitete sie einen schmalen Weg entlang, der

pierten los. Erst auf der anderen Seite der Lichtung, wo sich der Pfad wieder schmaler durch den Wald schlängelte, ritten sie im Schritt, damit die Ponys sich ausruhen konnten. Wo es ging, trabten sie dann wieder, bis sie zur nächsten Lichtung kamen. Dort im Gras lagen Baumstämme, die die Mädchen oft als Sprunghürden benutzten.

„Hat jemand Lust zu springen?“, fragte Lotte und brachte Goldstück zum Stehen.

Juli nickte und steuerte Smartie auf den größten Stamm zu. „Komm, Smartie!“

Sie sprang mehrere Male über den Baumstamm. Dann war Paulina mit Lancelot an der Reihe. Lena und Lotte spran-

gen mit ihren Ponys über die kleineren Stämme. Lena freute sich, dass Samson so gut auf ihre Hilfen reagierte. Außerdem war sie stolz, dass sie bei jedem Sprung die Fersen nach unten drückte und die Schultern gerade hielt, so wie Mrs Marle es ihr beigebracht hatte.

Als sie mit Springen fertig waren, ritten sie tiefer in den Wald hinein. Juli leitete sie einen schmalen Weg entlang, der

bergab zu einem Bach führte. Sie ritten am flachen Ufer, wo sich der Weg bald verbreiterte und die Böschung steil und sandig aufragte.

Juli hielt mit Smartie an und betrachtete die Böschung. „Ich möchte versuchen, da hoch- und runterzugaloppieren“, sagte sie. „Das ist eine super Übung für Smartie.“

Lotte hob die Augenbrauen. „Bist du sicher, dass das eine gute Idee ist? Das ist ziemlich steil.“

„So steil nun auch wieder nicht.“ Juli nahm die Zügel kürzer und drückte die Fersen in Smarties Seiten. „Los, Smartie!“

Das Pony stürmte los und galoppierte die Böschung hoch. Oben wendete Juli und galoppierte dann sofort hinunter. Lena hielt den Atem an, bis die beiden wieder sicher unten angekommen waren.

„Das sah spaßig aus“, meinte Paulina. „Ich will es auch versuchen.“

Sie forderte Lancelot zum Galopp auf und er sauste die Böschung hoch. Aber als sie oben wendeten, parierte sie ihn zum Schritt durch. „Wow, das ist ganz

schön
steil“, rief
sie, während sie
den sandigen Hang
herunterrutschten.

Juli verdrehte die Augen. „Also ehrlich, man könnte denken, es sei eine Klippe oder so. Komm, Smartie, wir machen das noch mal.“

Noch schneller als zuvor ritt sie mit

ihrem Pony die Böschung hoch. Smartie drehte sich oben flink um, doch dabei rutschte er auf dem losen Untergrund aus und seine Knie knickten ein. Er machte eine ruckartige Bewegung nach vorne und Juli konnte sich nicht mehr im Sattel halten. Sie flog über seinen Hals und kugelte die steile Böschung hinab.

Hilfe für Juli

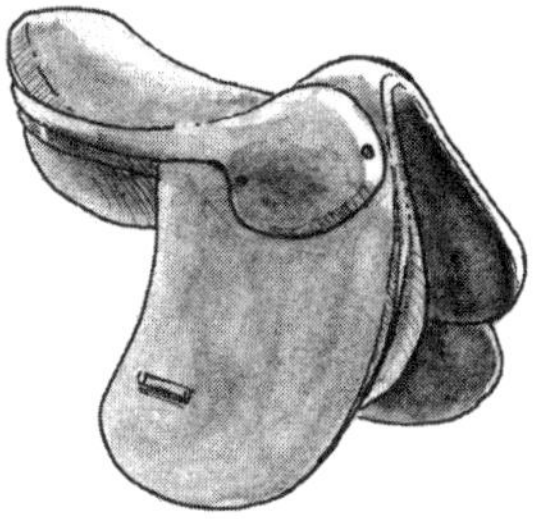

„Oh nein!“, schrie Lena und sprang von Samsons Rücken. „Juli!“

Sie rannte zu ihrer Freundin, die sich auf den Rücken rollte und benommen den Kopf schüttelte. Blut rann ihr über das Gesicht. „Aua“, murmelte sie.

„Geht es ihr gut?“, fragte Lotte.

Paulina stieg ab und kniete sich neben Lena und Juli. „Juli, alles okay? Wie viele Finger halte ich hoch?“

Juli schlug Paulinas Hand weg. „Jemand muss Smartie einfangen, bevor er abhaut.“ Sie richtete sich auf, dann aber stöhnte sie und legte sich wieder hin.

„Beweg dich nicht“, sagte Lena. „Du hast dich am Kopf verletzt.“ Mit ihrem Ärmel wischte sie das Blut von Julis Gesicht.

Juli runzelte die Stirn, wehrte sich aber nicht. Paulina lief zu Smartie, der mit baumelnden Zügeln in der Nähe stand. Er war voller Sand, schien aber nicht verletzt zu sein.

„Wir brauchen Hilfe.“ Lena blickte zu Lotte. „Kannst du Mrs Marle erzählen, was passiert ist? Ich glaube, Juli sollte besser nicht zurückreiten."

Lotte schluckte. „Ich reite, so schnell ich kann, zurück", versprach sie. Sie nahm die Zügel auf und galoppierte mit Goldstück los. Paulina band Smartie, Samson und Lancelot an den Bäumen um sie herum fest und setzte sich dann zu den anderen beiden Mädchen.

„Glaubst du, du hast dir etwas gebrochen?", fragte sie Juli. „Wo tut es denn weh?"

„Überall." Juli veränderte ein wenig ihre Liegeposition, dann stöhnte sie wieder.

„Ah! Ich glaube aber nicht, dass ich mir etwas gebrochen habe."

„Bleib trotzdem lieber zur Sicherheit still liegen", sagte Lena. Anders als erwartet, hatte Juli keine Einwände. Sie nickte. Ihr Gesicht war sehr blass und sie blutete wieder am Kopf.

Es dauerte eine Ewigkeit, bis endlich ein entferntes Motorengeräusch zu hören war. Mrs Marle kam mit dem Geländewagen. Lena und Paulina halfen ihr, Juli vorsichtig ins Auto zu setzen. Danach stiegen die beiden auf ihre Ponys, Paulina führte Smartie am Zügel neben sich.

Als sie auf den Hof kamen, wartete Kurt schon auf sie, um ihnen mit den Ponys zu helfen.

„Wo ist Juli?“, fragte Paulina ihn. „Geht es ihr gut?“

„Sie sind mit ihr ins Krankenhaus gefahren, damit sie dort untersucht wird“, antwortete Kurt und griff nach Smarties

Zügel. „Keine Angst, es geht ihr bestimmt gut."

Lena hoffte, dass er recht hatte. Aber als sie Samson neben Goldstück anband, machte sie sich trotzdem Sorgen. Lotte hatte ihr Pony schon abgesattelt und duschte es mit dem Schlauch ab. Lena, Lotte und Paulina unterhielten sich nicht viel, als sie die Ponys striegelten und anschließend auf die Koppel brachten.

Normalerweise verbrachte Lena am liebsten ihre ganze freie Zeit auf dem Ponyhof. Aber als Kurt ihnen vorschlug, dass sie ihre Eltern anrufen sollten, damit sie abgeholt wurden, war sie sofort einverstanden. Zusammen mit ihrer Mutter lud sie ihr Fahrrad in den Kofferraum des Autos.

„Soll ich deine Freundinnen mitnehmen?“, fragte Mrs Kennet.

„Nein. Paulinas Vater holt sie gleich ab und nimmt auch Lotte mit.“ Lena zitterte trotz des Sonnenscheins. „Können wir jetzt nach Hause fahren?“

„Natürlich.“ Ihre Mutter umarmte sie. Lena schluchzte kurz auf.

„Es war so schrecklich, Mama“, sagte sie. „Ich konnte es einfach nicht glauben, als Smartie ausrutschte und Juli die ganze Böschung hinabstürzte.“

„Ich weiß, mein Liebling.“ Mrs Kennet umarmte sie fest, dann trat sie zurück und sah Lena an. „Aber ihr habt alles richtig gemacht. Ihr habt Juli ruhig liegen lassen und Hilfe geholt. Das war sehr klug und sehr tapfer."

Lena nickte. Sie hoffte inständig, dass es Juli gut ging.

Einige Stunden später musste Lena immer noch ständig an den Unfall denken. Seit sie vom Hof zurück war, hatte sie sich auf nichts anderes konzentrieren können.

„Meinst du, wir können anrufen und fragen, wie es Juli geht?", fragte sie ihre Mutter.

Mrs Kennet sah auf die Uhr. „Das ist eine gute Idee", sagte sie. „Ich rufe gleich an."

Während ihre Mutter die Telefonnummer tippte, bückte Lena sich zu Daisy, die an ihrem gewohnten Platz in der Küche lag, und umarmte sie. „Ich hoffe, Juli geht es gut“, flüsterte Lena in das weiche Hundefell.

Nach einem kurzen Gespräch legte ihre Mutter wieder auf. „Es geht ihr gut“, sagte sie lächelnd zu Lena. „Sie behalten sie nur sicherheitshalber zur Beobachtung über Nacht im Krankenhaus. Willst du sie besuchen?“

„Ja, bitte!“ Lena sprang auf. „Lass uns sofort zu ihr gehen.“

So ein Schlingel!

Am nächsten Tag hatte Lena zusammen mit Hannah und Mia eine Reitstunde. Während sie Samson, Rapunzel und Aska sattelten, erzählte Lena den anderen von Julis Unfall.

„Oh Mann“, sagte Mia. „Das klingt schrecklich.“

„Das war es“, bestätigte Lena. „Für Juli muss es natürlich noch viel schlimmer gewesen sein. Aber es war auch schrecklich, dabei zuzusehen. Ich bin so froh, dass sie wieder gesund wird.“

Hannah nickte. Sie wirkte sehr ernst. „Ich auch“, flüsterte sie leise.

Mia zog Askas Sattelgurt fest, dann sah sie ihre Freundinnen an. „Wir haben noch ein bisschen Zeit. Ich werde Prinz schnell auch noch striegeln“, sagte sie. „Ich möchte nicht, dass ihm langweilig wird, wenn er den ganzen Tag in der Box steht.“

„Gute Idee“, meinte Hannah.

Mia holte Prinz und band ihn neben Samson an. Dann fing sie an, sein braunes Fell zu bürsten.

Ein paar Minuten später bemerkte Lena, dass Prinz wieder am Ende des Führstricks zuppelte. Sie grinste. „Hat dir Mrs Marle schon von Prinz' Trick erzählt?“, fragte sie Mia.

„Welcher Trick?“, fragte Mia.

„Schau genau hin.“ Lena zeigte auf Prinz.

Mia drehte sich um und sah, wie ihr Pony den Strick löste. Sie stöhnte auf, dann lachte sie laut. „Du Schlingel!“, sagte sie und griff nach dem Führstrick, bevor Prinz davonspazieren konnte.

Sie band ihn wieder fest. Sofort fing Prinz wieder an, am Knoten zu knabbern. Lena sah, wie Samson die Ohren spitzte. „Seht mal“, sagte sie. „Samson beobachtet ihn.“

„Vielleicht will Prinz den anderen Ponys seinen tollen Trick beibringen“, scherzte Mia.

Tatsächlich kaute Samson kurze Zeit später ebenfalls auf seinem Führstrick

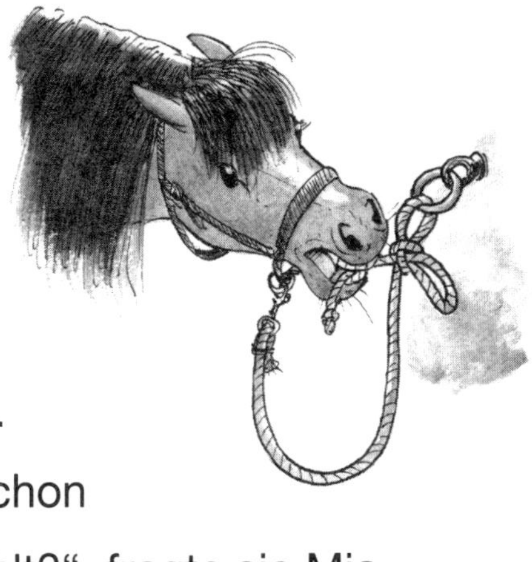

herum. Aber er zog am falschen Ende und der Knoten wurde nur noch fester.

Lena klopfte den Apfelschimmel liebevoll. „Ich glaube, Prinz ist kein besonders guter Lehrer.“

Mia grinste, als sich ihr Pony zum zweiten Mal befreit hatte. „Okay, zurück in den Stall mit dir“, sagte sie. „Gleich fängt unsere Stunde an.“

Die drei Mädchen legten den Ponys gerade die Trensen an, als Lena eine Bewegung am Haupttor bemerkte. „Da ist Juli!“, rief sie.

Juli kam auf den Arm ihres Vaters gestützt auf den Hof. Sie hatte ein Pflaster auf der Stirn und trug eine Bandage um ihr rechtes Handgelenk.

„Hurra, du bist wieder da!“, jubelte Mia

und rannte mit Lena und Hannah zu ihr. „Lena hat uns erzählt, was passiert ist."

„Wie fühlst du dich?", fragte Hannah.

„Es geht mir gut", antwortete Juli, obwohl sie immer noch sehr blass war. „Die Ärzte meinen, dass mein Handgelenk bald wieder verheilt ist."

Mr Marle nickte. „In ein paar Tagen ist

sie wieder fit wie ein Turnschuh“, versicherte er den Mädchen. Er zwinkerte. „Wir müssen nur dafür sorgen, dass sie nicht reitet, bevor die Ärzte ihr Einverständnis dazu geben.“

Mia lachte. „Wir geben uns Mühe“, sagte sie. „Aber einfach wird das sicher nicht!“

Lena nahm Julis Hand. „Wir haben jetzt eine Reitstunde. Willst du zusehen?“

„Du kannst uns Tipps geben, wenn du magst“, sagte Hannah.

Juli zuckte mit den Schultern. „Ja, okay.“

Sie ging mit den anderen zum Reitplatz und lehnte sich an den Zaun, als der Unterricht begann. Lena erwartete, dass sie ihnen ständig Anweisungen zurufen würde, aber heute sagte Juli kein Wort. Als Lena aus Versehen mit Samson in die falsche Richtung ritt, als sie eine Acht traben sollte, sah sie sich zu Juli um. Bestimmt würde ihre Freundin sie korrigieren. Aber zu ihrer Überraschung war Juli verschwunden.

„Na gut“, dachte Lena und wendete Samson in die richtige Richtung. „Sie ist bestimmt erschöpft.“

Am nächsten Tag fuhr Lena zu ihrem Vater, der eine Stunde entfernt in der Stadt lebte. Sie blieb drei Tage bei ihm. Am vierten Tag brachte Mr Kennet sie nach dem Mittagessen zurück nach Willow Springs. „Danke, Papa“, sagte sie und umarmte ihn. „Bis bald.“

Mrs Kennet kam aus dem Haus. „Hallo“, begrüßte sie die beiden und sah Lena und ihren Vater lächelnd an. „Hattet ihr zwei eine schöne Zeit?“

„Es war wunderbar“, sagte Mr Kennet und umarmte Lenas Mutter. „Ich vermisse Lena jetzt schon.“

Mrs Kennet wuschelte Lena durch die Haare. „Ich weiß, was du meinst. Ich habe sie die letzten drei Tage auch vermisst“, sagte sie. „Danke, dass du sie hergefahren hast.“

Lena umarmte ihren Vater noch einmal und winkte ihm nach, als er wegfuhr. Als sein Auto um die Ecke verschwunden war, drehte sie sich zu ihrer Mutter um. „Darf ich gleich zum Ponyhof, bitte?"

Mrs Kennet lachte. „Jetzt? Du bist doch eben erst angekommen. Willst du nicht wenigstens reinkommen und dem armen Mogli Hallo sagen?"

„Sind die Hunde wieder bei Eric zu Hause?", fragte Lena.

Ihre Mutter nickte. „Eric ist zurück. Er kommt heute Abend zum Essen." Sie zwinkerte. „Ich glaube, er, Simba und Daisy haben dich fast so sehr vermisst wie ich."

Lena umarmte sie. „Ich habe dich auch vermisst", sagte sie. „Und Samson und die anderen aus dem Stall …"

„Schon gut“, gab ihre Mutter nach. „Du darfst ja zum Ponyhof gehen. Aber zum Abendessen bist du wieder da.“

„Danke, Mama!“ Lena rannte kurz ins Haus, stellte ihren Rucksack ab und begrüßte Mogli. Dann schnappte sie sich ihr Fahrrad und radelte los. Zeit zum Reiten hatte sie nicht, aber sie wollte Samson trotzdem sehen. Außerdem wollte sie wissen, was alles los gewesen war, solange sie weg war.

Als sie zu den Weiden kam, keuchte sie vor Anstrengung. Die meisten Ponys waren draußen, grasten, dösten oder spazierten herum. Lena pfiff und Samson blickte auf und wieherte.

„Hallo, mein Süßer!“, rief sie, als er zum Zaun kam. „Ich habe dich vermisst!“

Samson drückte seine weiche Nase gegen ihre Brust. Lena zog eine Karotte aus ihrer Tasche und gab sie ihm. Sie streichelte ihn eine Weile und erzählte ihrem Lieblingspony, was sie alles mit ihrem Vater unternommen hatte.

Schließlich verabschiedete sie sich von

Samson und fuhr weiter zum Ponyhof. Als sie den Hof betrat, striegelte Paulina gerade Lancelot. Außer Skip und Hop war sonst niemand zu sehen.

„Lena! Willkommen zurück“, rief Paulina. „Ich war mir nicht sicher, ob du heute noch vorbeikommen würdest.“

„Ich will nur kurz Hallo sagen“, meinte Lena. „Wo sind denn alle?“

„Mia und Hannah sind schon wieder weg“, berichtete Paulina. „Und Lotte kann heute nicht, weil sie ihrem Vater mit den Zwillingen helfen muss.“

„Was ist mit Juli?“, fragte Lena. „Reitet sie wieder?“

„Nein“, antwortete Paulina und bürstete über Lancelots Rücken. „Sie sagt, ihr Handgelenk tut immer noch weh und wegen der Gehirnerschütterung wird ihr manchmal schwindelig."

„Oh, arme Juli", sagte Lena. „Sie wollte doch unbedingt, dass Smartie bis zum nächsten Turnier gut in Form bleibt. Hoffentlich geht es ihr bald besser."

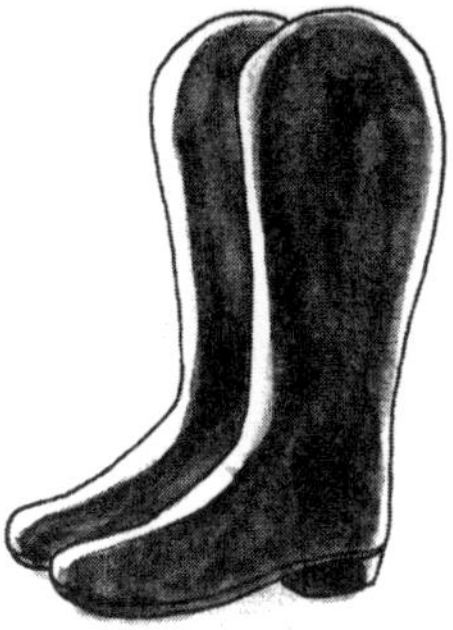

Kleine Geheimnisse

Am Abend half Lena ihrer Mutter, Teller, Gläser und Besteck nach draußen zum Gartentisch zu tragen. Als sie das Essen aus der Küche holten, schmiegte Mogli sich an Lenas Beine. Als es jedoch an der Tür klingelte, fauchte er und rannte die Treppe hoch.

„Ich glaube, Mogli weiß, dass die Hunde da sind“, sagte Mrs Kennet schmunzelnd.

„Ich lasse sie rein.“ Lena öffnete die Tür. Eric und seine zwei Hunde standen davor. Simba sprang zuerst herein und wedelte aufgeregt mit dem Schwanz.

Eric versuchte, den jungen Labrador

festzuhalten, aber er hatte eine große Salatschüssel in den Händen. „Simba, sei brav“, rief er und jonglierte mit der Schüssel und den zwei Hundeleinen. „Wenn man dich so sieht, könnte man denken, ich wäre ein sehr schlechter Hundetrainer.“

„Schon gut“, sagte Lena lachend und nahm ihm Simbas Leine ab. „Er hat einfach nur zu viel Energie. Im Garten kann er sich austoben.“

„Schade, dass Mrs Kraft zurzeit bei ihrer Schwester ist“, sagte Mrs Kennet. „Nacho fände es bestimmt super, Simba beim Austoben zu helfen.“

Lena nickte. „Daisy ist zu alt, um mit Simba mithalten zu können“, erklärte sie und sah zu, wie die Hündin in die Küche

trottete und sich
auf ihrem gewohnten Platz
niederließ. „Vielleicht kommt sie mit in
den Garten, um den Sonnenuntergang zu
bewundern.“

Aber als sie rausgingen und Simba

freudig um ihre Füße sprang, blieb Daisy liegen. Lena versuchte, sie zu rufen, aber Eric meinte, dass es in Ordnung sei, sie in Ruhe zu lassen.

„Sie hat Arthritis in den Beinen und in letzter Zeit macht ihr das sehr zu schaffen", sagte er seufzend. „Ihre Schmerzen bereiten mir ziemliche Sorgen."

„Klingt wie bei meiner Freundin Juli", meinte Lena. „Sie hatte letzte Woche einen Unfall und ihr Handgelenk tut ihr noch weh."

Beim Essen erzählte sie Eric von Julis Sturz. „Oje", sagte er. „Wie schrecklich! Es tut mir leid, dass sie wegen der Schmerzen nicht reiten kann."

Mrs Kennet lächelte. „Die Mädchen lieben das Reiten", sagte sie zu ihm. „Ich bin sicher, dass Juli sofort wieder im Sattel sitzt, sobald sie sich besser fühlt. Noch Salat?“

Am nächsten Tag schlug Mrs Marle Lena und Hannah vor, mit den Ponys in den Wald zu reiten. Lena freute sich. „Aber haltet euch von steilen Böschungen fern!“, fügte die Hofbesitzerin zwinkernd hinzu.

„Machen wir“, versprach Lena. „Wo ist Juli? Kann sie mitkommen?“

Mrs Marle schüttelte den Kopf. „Sie ist drinnen. Ihr Handgelenk schmerzt noch, sie kann leider nicht reiten.“

Nachdem Mrs Marle im Büro verschwunden war, sah Hannah Lena nachdenklich an. „Müsste Julis Handgelenk nicht schon lange wieder in Ordnung sein?“

Lena zuckte mit den Schultern. „Keine Ahnung, wie lange so etwas dauert. Komm, machen wir die Ponys fertig."

„Willst du nicht zuerst deine Stiefel anziehen?"

Lena blickte auf ihre Turnschuhe hinab. Es war warm heute, deshalb hatte Lena die Stiefel ins Auto gelegt, um erst kurz vor dem Reiten hineinzuschlüpfen. Es gab nur ein Problem. Sie hatte vergessen, die Stiefel aus dem Auto zu nehmen, als ihre Mutter sie abgesetzt hatte.

„Oh nein!", klagte sie und erklärte Hannah das Problem.

„Keine Sorge", meinte Hannah. „Juli

und du habt doch dieselbe Schuhgröße, oder? Sie leiht dir bestimmt ihre Stiefel aus."

„Gute Idee!", sagte Lena. „Ich laufe schnell ins Haus und frage sie."

Sie rannte zum Hauptgebäude. Doch bevor sie anklopfen konnte, hörte sie hinten aus dem Garten Gelächter.

Lena ging um das Haus herum. Juli spielte auf der Wiese mit Skip und Hop, die aufgeregt um sie herumsprangen.

Lena lächelte und sah zu, wie Juli den Ball mit der rechten Hand warf – mit der also, die ihr wehtat. Die Bandage trug sie auch nicht. Hop ließ den Ball zu Julis Füßen fallen. Juli bückte sich und hob ihn auf, wieder mit der rechten Hand, und warf ihn schwungvoll in den hinteren Teil

des Gartens. Hop raste los. Juli nahm Skip hoch und knuddelte den zappelnden Terrier.

In Lenas Kopf drehte sich alles. Was war hier los? Wenn Julis Handgelenk noch zu sehr schmerzte, um zu reiten, wieso konnte sie dann den Ball werfen und den zappelnden Hund hochheben?

In dem Moment drehte Juli sich um und sah sie. Schnell setzte sie Skip ab und rieb sich das Handgelenk, als ob es schmerzte. „Oh, hallo“, sagte sie. „Brauchst du etwas?“

„Äh …“, Lena wusste nicht, was sie sagen sollte. „Ich … ich wollte dich fragen, ob ich mir deine Stiefel ausleihen kann. Ich habe meine vergessen. Hannah und ich wollen einen Ausritt machen.“

Juli zuckte mit den Schultern. „Klar, nimm sie dir. Ihr Glücklichen könnt reiten.“ Sie lachte, aber Lena fand, dass es nicht sehr überzeugend klang.

Doch sie wollte ihre Freundin auch nicht beschuldigen, ihre Verletzung nur vorzutäuschen. Sie hielt den Mund, nahm die Stiefel und ging zurück auf den Hof. In ihrem Kopf wirbelten immer noch die Gedanken herum.

Lena erzählte Hannah nicht, was sie beobachtet hatte. Der Ritt durch den Wald war schön, aber Lena musste andauernd an Juli denken. Tat sie nur so, als wäre das Handgelenk noch nicht verheilt? Aber warum?

Später gingen ihre Mutter und sie mit

Simba und Nacho im Park Gassi, Mrs Kraft war am Morgen von ihrem Besuch bei ihrer Schwester zurückgekommen. Sie ließen die beiden Hunde von der Leine, damit sie zwischen den Bäumen spielen konnten.

Mrs Kennet sah zu, wie Simba ins hohe Gras sprang. „Hoffentlich geht mit Daisy beim Tierarzt alles gut", sagte sie.

Lena nickte. Eric war mit der alten Hündin zum Tierarzt gefahren, um herauszufinden, wie schlimm ihre Arthritis war. „Arme Daisy", seufzte Lena. „Ihre Beine waren so steif, dass Eric sie ins Auto heben musste."

„Ja, der letzte Winter hat dem alten Mädchen sehr zugesetzt", meinte ihre Mutter. „Aber sprechen wir über etwas anderes. Wie war dein Ausritt heute Morgen?“

Lena erinnerte sich daran, was sie im Garten beobachtet hatte, und erzählte es ihrer Mutter. „Es war komisch, als ob Juli die Schmerzen nur erfinden würde“, sagte sie. „Aber warum sollte sie das machen? So kann sie doch nicht reiten.“

„Das klingt wirklich seltsam“, stimmte Mrs Kennet ihr zu. „Bist du sicher, dass ihr das Handgelenk nicht wehtat?“

Lena fand es schrecklich, eine ihrer besten Freundinnen der Lüge zu beschuldigen, aber sie nickte. „Ich bin mir ziemlich sicher“, sagte sie. „Sie hat Skip ganz normal auf den Arm genommen und ihr Handgelenk erst gerieben, als sie mich gesehen hat."

„Vielleicht ist Julis Selbstvertrauen viel stärker verletzt worden als ihre Hand und ihr Kopf. Das würde erklären, warum sie nicht sofort wieder zurück in den Sattel will", meinte ihre Mutter.

„Glaubst du?" Lena schüttelte den Kopf. Sie konnte sich das nicht vorstellen. Juli war die selbstbewussteste Reiterin, die sie kannte. „Juli muss doch gar nicht nervös sein. Es war ein Unfall. Sie ist eine ausgezeichnete Reiterin." Sie seufzte. „Vielleicht finde ich morgen mehr heraus."

Besonders gute Freunde

Als Lena am nächsten Morgen auf dem Ponyhof ankam, war außer Kurt niemand da. Lena half ihm, die Ponys und Pferde auf die Koppel zu bringen, dann bot sie ihm an, den Hof zu fegen.

Sie war gerade mit der Hälfte fertig, als Juli durch den kleinen Torbogen geschlendert kam. „Hallo!“, rief Lena und lehnte sich auf den Besen. „Wie geht es dir?“

Juli zuckte mit den Schultern und rieb sich das Handgelenk. „Unverändert“, antwortete sie.

„Wirklich?“ Lena zögerte. Dann räusperte sie sich. „Ich habe gesehen, wie du gestern den Ball geworfen hast, deshalb dachte ich, dass es deinem Handgelenk besser geht. Vielleicht sogar so gut, dass du wieder reiten möchtest.“

Juli zog die Augenbrauen zusammen. „Sei nicht albern“, sagte sie und drückte ihr Handgelenk mit der anderen Hand gegen die Brust. „Klar will ich wieder reiten. Aber ich muss warten, bis es mir wieder besser geht. Du würdest Samson doch auch nicht reiten, wenn er sich verletzt hätte und noch lahmte, oder? Dann hätte er nur noch mehr Schmerzen.“

„Oh." So hatte sie sich das noch gar nicht überlegt. War das der Grund, warum Juli nicht reiten wollte? Weil sie hundertprozentig sicher sein wollte, dass ihr Handgelenk geheilt war? Aber warum riskierte sie dann die Heilung, indem sie einen Ball warf und Skip hochhob? Es ergab alles keinen Sinn.

Bevor sie etwas erwidern konnte, kam Mrs Kennet durch den Torbogen geeilt. „Mama!", rief Lena. „Was machst du denn hier?"

Das Gesicht ihrer Mutter war ernst. „Es ist wegen Daisy", sagte sie und legte Lena die Hand auf die Schulter. „Sie muss heute leider eingeschläfert werden. Der Tierarzt meint, dass ihre Beine nicht mehr besser werden und sie große

Schmerzen hat. Eric hat entschieden, sie zu erlösen, damit sie nicht noch länger leiden muss."

„Oh nein!" Tränen schossen Lena in die Augen. „Arme Daisy. Kann ich mich von ihr verabschieden?"

„Ja." Ihre Mutter lächelte traurig. „Ich bin hergekommen, um dich zu holen. Wir müssen sofort los."

Lena nickte und stellte den Besen zur Seite.

„Es tut mir so leid", sagte Juli. „Ich weiß, wie sehr du Daisy liebst. Soll ich dich begleiten?"

„Ja, bitte." Lena drückte Julis linke Hand. „Macht es dir auch wirklich nichts aus?"

„Nein", sagte Juli. „Dafür sind Freunde doch da."

Mrs Kennet fuhr zusammen mit den beiden Mädchen zu Eric. Als sie dort ankamen, war Eric mit Daisy hinten im Garten. Die Hündin lag im Schatten eines Birnbaums. Als Mrs Kennet und die Mädchen näher kamen, blickte Eric traurig auf.

„Das ist ihr Lieblingsplatz", erklärte er und streichelte Daisy über den Kopf.

Lena kniete sich neben Daisy, die den Kopf hob und mit dem Schwanz auf den Boden klopfte. „Hallo, Daisy", sagte sie sanft und legte ihre Hände auf das weiche Fell. „Es tut mir leid, dass du solche Schmerzen hast. Aber bald wird alles gut." Sie schluchzte, bald würde Daisy nicht mehr bei ihnen sein. Der Gedanke fühlte sich schrecklich an.

Aber sie wusste auch, dass es das Richtige für die alte Hündin war. Es wäre unfair, sie mit Schmerzen weiterleben zu lassen, nur weil die Menschen traurig wurden, wenn sie nicht mehr da war.

„Danke, dass du so eine gute Hündin warst“, sprach Lena weiter. Tränen rannen ihr über die Wangen. „Du warst eine tolle große Schwester für Simba und eine sehr gute Freundin für mich und alle anderen, die du getroffen hast. Ich werde dich wahnsinnig vermissen. Ich wünschte, du könntest für immer bei uns bleiben. Aber jetzt wird es Zeit für dich zu gehen. Auf Wiedersehen, Daisy.“ Sie umarmte die Hündin, drückte sie aber nicht zu fest. Daisy leckte ihr die salzigen Tränen von den Wangen.

Dann stand Lena auf und wischte sich über die Augen. Juli kniete sich hin und streichelte Daisy über den Kopf. „Braves Mädchen“, sagte sie. „Du bist so lieb, Daisy. Wir werden dich alle vermissen.“

„Danke, dass ihr gekommen seid“, sagte Eric. Er umarmte Lena und drückte Julis Schulter. „Ich weiß, dass Daisy das zu schätzen weiß und ich auch.“

Mrs Kennet hockte sich ins Gras und verabschiedete sich von der Hündin. Dann sah sie zu den Mädchen hoch. „Gehen wir“, sagte sie mit Tränen in den Augen. „Der Tierarzt kommt bald.“

Lena nickte. „Auf Wiedersehen, Daisy“, sagte sie noch einmal und blies ihr einen Luftkuss zu. „Träume süß.“

Bei Lena zu Hause setzten sich die Freundinnen in den Garten. Traurig sahen sie zu, wie Mogli im Gras auf Käferjagd ging. „Arme Daisy“, sagte Juli.

„Ich bin froh, dass ich mich verabschieden konnte“, sagte Lena. „Danke, dass du mitgekommen bist. Es war gut, eine Freundin dabeizuhaben. Eine gute Freundin wie dich.“

„Oh. Das habe ich gerne gemacht.“ Juli lächelte. „Du bist auch eine gute Freundin. Ich bin froh, dass du nach Willow Springs gezogen bist.“

„Ich auch.“ Lena sah

Juli eindringlich an. „Und jetzt werde ich eine besonders gute Freundin sein und dir eine Frage stellen, die dir vielleicht nicht gefällt.“

Juli runzelte die Stirn. „Was?“

Lena holte tief Luft. „Tut dein Handgelenk wirklich noch so sehr weh, dass du nicht reiten kannst? Oder gibt es einen anderen Grund dafür?“

Juli starrte auf den Boden. Einen Augenblick lang dachte Lena, dass sie nicht antworten würde. Aber dann straffte Juli die Schultern.

„Meinem Handgelenk geht es schon seit ein paar Tagen wieder gut“, gab sie, ohne aufzublicken, zu. „Aber dem Rest von mir nicht. Ich habe Smartie in eine gefährliche Situation gebracht, nur weil

ich angeben wollte. Was, wenn das wieder passiert?“

„Du darfst dir keine Schuld geben“, sagte Lena. „Unfälle können jedem passieren.“

Juli schüttelte den Kopf. „Kann sein. Aber ich dachte immer, mir würde so etwas niemals zustoßen. Und dann ist es doch passiert. Obwohl ich dachte, ich wäre eine großartige Reiterin.“ Sie seufzte. „Vielleicht bin ich gar nicht so toll.“

Lena biss sich auf die Lippe. Sie wusste nicht, was sie sagen sollte, damit Juli sich besser fühlte. Aber sie musste unbedingt eine Möglichkeit finden, ihrer Freundin zu helfen.

Als Lena am nächsten Tag auf den Hof kam, striegelten Mia und Lotte Prinz und Goldstück unter dem Apfelbaum. „Hallo! Mrs Marle hat uns gesagt, dass du vorbeikommst“, rief Lotte zur

Begrüßung. „Wir sollen dir ausrichten, dass es ihr leidtut, aber etwas ist dazwischengekommen und sie kann dir deshalb heute Vormittag keinen Unterricht geben. Aber du darfst mit Samson trotzdem auf den Reitplatz, wenn du willst.“

„Oder du hilfst uns, Prinz zu beschäftigen“, sagte Mia. „Er hat sich schon dreimal losgebunden.“

Lena lachte, obwohl sie es schade fand, dass die Reitstunde ausfiel. Sie holte Samson und band ihn neben Prinz an. „Versuche nicht wieder, Prinz’ Trick zu lernen“, ermahnte sie den Apfelschimmel.

Zum Glück schien Samson keine Lust zu haben, es dem braunen Pony nachzumachen. Er stand mit halb geschlossenen Augen dösend in der Sonne. Lena fuhr mit der Bürste über sein graues Fell. Während sie ihn striegelte, erzählte sie Mia und Lotte von ihrer Unterhaltung mit Juli.

„Wahnsinn!“, sagte Mia. „Ich hätte nicht gedacht, dass Juli ihr Selbstvertrauen verlieren kann. Sie ist so eine gute Reiterin!“

Lotte nickte. „Sie sollte doch wissen, dass keine von uns ihr die Schuld gibt, dass sie gestürzt ist.“

„Wir müssen ihr irgendwie helfen.“ Mia machte ein nachdenkliches Gesicht.

Lena bückte sich zu Samsons Huf. Mit dem Hufkratzer entfernte sie ein Steinchen, als Lotte plötzlich laut lachte. „Oh, Prinz, du frecher Schlingel!“

„Hat er sich wieder befreit?“, fragte Lena und richtete sich auf.

„Nein!“ Mia lachte ebenfalls. „Er hat Samson losgebunden!“

Eine ungewöhnliche Reitstunde

Samsons Führstrick baumelte tatsächlich auf den Boden herab. Aber der Apfelschimmel hatte es noch gar nicht bemerkt.

„Na, na, Prinz, böser Junge“, schimpfte Lena mit ihm und band Samson schnell wieder an.

„He, so kannst du doch nicht mit meinem Pony sprechen“, sagte Mia und tat so, als sei sie böse, während sie Prinz umarmte. „Er hat einfach nur genug davon, darauf zu warten, bis Samson den Trick auch gelernt hat.“

Lena lachte. Lotte beteiligte sich nicht

an dem Späßchen. Sie stand mit dem Kamm in der Hand neben Goldstück und machte ein nachdenkliches Gesicht.

„Was ist los?“, fragte Mia. „Hoffst du, dass Prinz nicht auch noch Goldstück das Losbinden beibringt?“

„Nein“, antwortete Lotte. Sie lächelte. „Ich meine … doch, schon. Aber ich bin durch Prinz auf eine Idee gekommen. Es ist so, wie du immer sagst, Lena. Wenn man die Ponys beobachtet, kann man eine Menge lernen.“

Lena grinste. Sie sagte das wirklich ständig. „Was für eine Idee?“, fragte sie.

„Es geht um Juli“, antwortete Lotte. „So wie Prinz bringt sie anderen gerne etwas bei, stimmt’s? Erinnert euch nur an Sara letzte Woche.“

„Wer ist Sara?“, fragte Mia verwundert.

„Eine Anfängerin, die letzte Woche ihre erste Stunde hatte“, erklärte Lena. „Juli sollte sie eigentlich nur herumführen, aber sie hat ihr die ganze Zeit Anweisungen gegeben. Sogar mehr als Mrs Marle.“

„Um Juli daran zu erinnern, was für eine gute Reiterin sie ist, müssen wir sie davon überzeugen, dass jemand ihre Hilfe braucht“, erklärte Lotte. „Lena, du könntest sie doch fragen, ob sie dir eine Reitstunde gibt.“

Lena runzelte die Stirn. „Ich weiß nicht, ob sie das macht“, sagte sie. „Und wenn doch, heißt das noch lange nicht, dass es sie überzeugen wird, wieder selbst zu reiten.“

Lotte machte ein betrübtes Gesicht. „Vielleicht hast du recht."

Mia klatschte in die Hände. „Ihr zwei seid einfach nicht hinterlistig genug", sagte sie. Sie klopfte Prinz den Hals. „Ihr müsst wie ein listiges Pony denken! Zum Glück habe ich schon viel von meinem

raffinierten Pony gelernt. Ich habe den perfekten Plan."

Eine halbe Stunde später ritt Lena mit Samson auf den Reitplatz. Niemand sonst war da, als sie mit ihm zum Aufwärmen im Schritt, Trab und Galopp ritt. Dann tauchte Juli im kleinen Torbogen

auf. Sie wedelte mit etwas in der Hand und kam näher.

„Du hast deine Wasserflasche unter dem Apfelbaum liegen gelassen!“, rief sie. „Mia dachte, du brauchst sie vielleicht.“ Sie runzelte die Stirn. „Ich habe nur nicht verstanden, warum sie sie dir nicht selbst bringen kann.“

Lena kam herübergeritten und trank einen Schluck Wasser. „Danke, Juli“, sagte sie. „He, wenn du schon mal da bist, könntest du dann bitte die Trabstangen kontrollieren? Ich glaube, sie liegen für Samson zu weit auseinander.“

Juli betrachtete kritisch die vier Stangen, die sich in der Mitte des Reitplatzes befanden. „Sie sind tatsächlich zu weit auseinander“, sagte sie und schüttelte den Kopf. „Vorhin muss jemand auf einem Pferd hier geritten sein.“

Sie duckte sich unter dem Zaun durch, lief über den Sandplatz und korrigierte den Abstand der Stangen.

„Danke“, rief Lena. „Könntest du vielleicht in der Nähe bleiben? Eigentlich sollte mich deine Mutter unterrichten, aber sie kann nicht. Dabei wollte ich doch springen. Aber alleine dürfen wir das ja nicht, also …“

„Ja klar, ich bleibe.“ Juli setzte sich auf den Zaun. „Reite ein paarmal über die Stangen, dann stelle ich eine Hürde für dich auf."

„Danke!" Lena strahlte sie an. Sie gab Samson die Hilfe zum Trab, aber ließ ihn absichtlich etwas langsamer laufen als sonst. Seine Hufe stießen gegen die Stangen im Sand.

„Du musst ihn mehr antreiben!", rief Juli vom Zaun. „Dräng ihn etwas stärker vorwärts beim nächsten Mal."

„Mache ich, danke." Beim nächsten Versuch ließ Lena das Pony schneller laufen und seine Hufe stießen nicht gegen die Stangen. Nach der letzten Stange zupfte sie leicht am linken Zügel und Samson lief zur Seite.

„Achte darauf, dass er geradeaus läuft!" Juli hüpfte vom Zaun und kam näher. „Du willst doch nicht, dass er die Richtung bestimmt."

„Entschuldigung, ich versuche es noch einmal." Lena blieb ernst, bis sie Samson wendete und Juli sie nicht mehr sehen konnte. Dann aber konnte sie sich ein Lächeln nicht mehr verkneifen. Ihr Plan funktionierte.

Lena trabte noch mehrere Male über die Stangen, dann baute Juli ein niedriges Sprunghindernis auf. „So", sagte sie. „Für den Anfang erst mal niedrig. Ich würde vorschlagen, du trabst über die Stangen, reitest in die Ecke, galoppierst los und springst anschließend über die Hürde."

„Okay." Lena holte tief Luft. Bisher klappte Mias Plan wie am Schnürchen. Sollte sie den nächsten Schritt wagen?

Sie sah zum Torbogen. Mia und Lotte linsten um die Mauer. Mia machte das Daumen-hoch-Zeichen, dann duckte sie sich weg, weil Juli sich umdrehte.

„Wo starrst du denn hin?“, fragte sie Lena. „Springst du jetzt, oder nicht?“

„Ja, ich, äh, gehe nur in Gedanken den Ablauf durch.“ Lena nahm die Zügel auf und brachte Samson zum Traben. Mit den Stangen klappte es gut, aber sie wendete ihn zu schnell, schnitt die Ecke und der Galopp wurde holprig.

„Lenke ihn an den Rand!“, rief Juli. „Korrigiere seine Schrittfolge, schnell!“

Aber es war zu spät. Sie näherten sich der Hürde merkwürdig seitwärts und Samson blieb davor stehen.

„Tut mir leid“, entschuldigte Lena sich. „Ich weiß, ich habe es vergeigt. Kann ich es noch mal versuchen?“

„Na klar.“ Juli winkte sie weiter. „Mach eine größere Wende, damit du gerade auf die Hürde zusteuerst.“

Lena nickte und ritt zum Startpunkt zurück. Wieder trabten sie sauber über die Stangen. Dann lenkte Lena Samson an die Seite. Als sie die Ecke erreichten, gab Lena dem Pony die Fersen und Samson stürmte los.

„Brrr!“, rief sie plötzlich und zog an den Zügeln, sodass das Pony in den Trab wechselte. Das Hindernis war nur wenige

Schritte entfernt. Lena brachte Samson zum Stehen.

Juli seufzte unzufrieden. „Was machst du denn?“, fragte sie. „Du hast ihn praktisch dazu aufgefordert, die Hürde zu verweigern.“

„Entschuldigung“, sagte Lena wieder und schüttelte den Kopf. „Ich habe heute irgendwie Schwierigkeiten, mich mit ihm zu verständigen.“

„Versuche es noch einmal.“ Juli deutete auf die Stangen. „Lass ihn die ganze Zeit traben, auch über die Hürde.“

Lena nickte. Im Unterricht sprangen sie auch oft aus dem Trab, vor allem wenn eine Reiterin oder ein Pony Schwierigkeiten hatte.

Sie trabte wieder über die Stangen. In

der Ecke spürte sie, wie Samson sich auf den Galopp vorbereitete. Aber sie hielt ihn zurück, mit straffen Zügeln und ihren Beinen.

Ruhig, Samson, dachte sie. Tut mir leid, dass ich dich heute so durcheinanderbringe. Aber Juli verliert langsam die Geduld mit uns. Noch ein Fehler und der Trick sollte funktionieren.

Samson reagierte auf ihre Hilfen und wurde immer langsamer, umso näher sie der Hürde kamen.

„Bein, Bein!“, schrie Juli. „Weiter, sonst – ahhh!“ Samson bremste direkt vor der Hürde. Juli stampfte heran. „Was war jetzt das Problem?“

„Ich weiß es nicht“, sagte Lena und tat so, als wäre sie sehr zerknirscht. „Vielleicht ist heute nicht der richtige Tag für uns, um zu springen. Wir können ja einfach etwas anderes üben."

„Nein!", erwiderte Juli, so wie Mia es vorausgesehen hatte. „Damit darfst du Samson nicht durchkommen lassen, sonst gewöhnt er sich das womöglich noch an. Er muss begreifen, dass der Sprung sein muss und er keine Wahl hat."

Lena ließ die Zügel hängen, als ob sie aufgeben würde. „Ich weiß nicht, ob ich ihm das klarmachen kann."

„Dann steig ab! Ich mache es selbst", sagte Juli. „Gib mir deinen Reithelm."

Lena brauchte keine zweite Aufforderung. Sie sprang ab und gab Juli ihren Helm. Sekunden später saß Juli im Sattel

und passte die Steigbügel an ihre längeren Beine an.

„Komm, Samson", sagte sie und drückte die Beine an den Bauch des Ponys. „Schluss mit dem Quatsch."

Lena unterdrückte ein Grinsen, als Juli

mit Samson lostrabte. Über die Schulter sah sie, dass Mia und Lotte vom Torbogen aus zusahen.

Juli trabte mit Samson über die Stangen. In der Ecke forderte sie ihn zum Galopp auf und einen Augenblick später segelten sie über die Hürde.

„Hurra!“, jubelte Lena.

Juli blieb mit Samson stehen. „Du siehst ganz schön zufrieden aus für jemanden, der eben noch solche Probleme hatte“, sagte sie.

Diesmal verbarg Lena ihr Grinsen nicht. „Ich bin einfach froh“, verkündete sie. „Froh, dass du wieder im Sattel sitzt.“

„Oh!“ Juli sah auf Samson runter, dann blinzelte sie. „Verstehe.“ Dann runzelte sie die Stirn. „Moment mal. War das Absicht?“ Kurz sah sie verärgert aus, aber dann lachte sie. „Oh Mann! Du hast mich reingelegt!“

Lena lachte auch, vor Freude und vor Erleichterung, weil Juli nicht sauer war. „Du kannst gerne noch ein bisschen auf Samson reiten“, bot sie an. „Er ist super, um Selbstvertrauen aufzubauen. Er ist der Grund, warum ich mit dem Reiten schon so weit gekommen bin. Er ist ein großartiger Partner.“

„Danke.“ Juli schüttelte den Kopf und schlüpfte aus den Steigbügeln. „Aber ich habe schon einen Partner. Und um wirklich herauszufinden, ob ich mein Selbstvertrauen zurückhabe, brauche ich Smartie.“

„Hat da jemand Smartie gesagt?“, fragte Mia plötzlich.

Sie und Lotte kamen zum Reitplatz. Lotte führte den gesattelten Smartie mit sich und Mia trug Julis Reithelm.

Juli riss die Augen auf. „Ihr zwei hattet auch eure Finger im Spiel?“, sagte sie. „Ich hätte es ahnen müssen.“

Lotte lächelte. „Wie ist es? Hat es funktioniert?“, fragte sie. „Steigst du auf?“

Juli zögerte, dann nickte sie. „Ja“, sagte sie.

Sie schwang sich von Samsons Rücken und reichte Lotte die Zügel und Lenas Reithelm. Dann setzte sie ihren eigenen Helm auf. Während sie den

Kinnriemen festzog, führte Lena Smartie zur Aufstiegshilfe am Rand des Platzes.

Juli stieg auf den Block. Sie holte tief Luft und lehnte sich vor, um ihr Pony zu streicheln. „Hallo, Smartie“, sagte sie so leise, dass Lena sie kaum hören konnte. „Tut mir leid, dass ich dich im Stich gelassen habe. Vor allem, weil du das noch nie mit mir gemacht hast. Du bist das allerbeste Pony. Ich hatte Angst, wieder auf dir zu reiten, aber ich habe dich sehr vermisst.“

Plötzlich bemerkte sie Lena und guckte verlegen. Lena lächelte sie an. „Ich glaube, Smartie versteht das“, sagte sie.

Juli holte noch einmal tief Luft, dann stellte sie den linken Fuß in den Steigbügel. „Okay, los geht’s.“

Sie schwang sich in den Sattel und nahm die Zügel auf. Smartie lief los und Lena hielt die Luft an. Julis Gesicht war blass und angespannt, aber ihr Körper erinnerte sich daran, was zu tun war. Schon bald ritt sie Achten im Trab und dann im Kreis im Galopp. Danach lenkte sie Smartie zu der Hürde und schwebte mit ihm darüber hinweg.

Strahlend machte sie neben den Freundinnen halt. „Das macht Spaß!“, jauchzte sie. „Ich glaube, ich hatte kurz vergessen, wie sehr ich das Springen liebe.“

Mia jubelte, Lotte und Lena applaudierten. „Du siehst toll aus da oben, Juli“, rief Lotte.

„Und Smartie scheint sehr froh zu sein, dass du wieder im Sattel sitzt“, sagte

Mia. „Du bist in Nullkommanix wieder auf dem Turnierplatz!“

Lena nickte. Sie freute sich so sehr für ihre Freundin, dass sie fast platzte. „Ihr seht beide fantastisch aus. Tut mir leid, dass wir dich reingelegt haben.“

„Nein, ich bin froh darüber." Juli lächelte. „Ihr seid wirklich gute Freundinnen. Nur gute Freundinnen konnten erkennen, dass es an der Zeit war, mir eine Lehre zu erteilen!"

Ponyhof Apfelblüte

Band 16
ISBN 978-3-7432-0798-1

Band 17
ISBN 978-3-7432-0868-1

Band 18
ISBN 978-3-7432-1117-9

Band 11
ISBN 978-3-7855-8679-2

Band 12
ISBN 978-3-7855-8940-3

Band 13
ISBN 978-3-7855-8941-0

Band 14
ISBN 978-3-7432-0409-6

Loewe
Das will ich lesen!